अरुणिमा

अरुणिमा

सम्पूर्णा नन्द दूबे

सन्मति पब्लिशर्स एण्ड डिस्ट्रीब्यूटर्स

ISBN: 978-81-938103-7-8

© सम्पूर्णा नन्द दूबे

प्रकाशक
सन्मति पब्लिशर्स एण्ड डिस्ट्रीब्यूटर्स

मुख्य कार्यालय:
बी–347, संजय विहार,
मेरठ रोड, हापुड़–245101 (उ०प्र०)

email: sanmati555@gmail.com
website : www.sanmatiindia.com
मो. 8439645104, 09997184964

प्रथम संस्करण: 2018

डिजाईन एण्ड टाईप सैटिंग
RETROTECH

पुत्र एक ही वंश को तारता है, परन्तु पुत्री दो वंशों को अपने सत्कर्मों द्वारा तार देती है।

शास्त्र वर्णित इसी वाक्य को चरितार्थ करने के लिए पुत्री के रूप में, जिसने मुझे वंश वृद्धि के लिए सूक्ष्म रूप से (क्योंकि विवाह के पूर्व ही उनका स्वर्गावसान हो चुका था) कन्या दान किया, अर्थात मानवधर्म निभाते हुए मैं अपने श्वसुर जी को यह काव्य समर्पित करता हूँ।

अभिव्यक्ति

अरूनिमा एक वह नाम जो आज परिचय को मोहताज नहीं है, यह पुस्तक मेरी नहीं 'हमारी' है। मैंने जब पहली बार अरूनिमा के जीवन वृत्त को किसी महानुभाव के मुंह से यू–ट्यूब पर सुना, देखा तो मेरी अन्तर–आत्मा काँप कर रह गयी। रह–रह कर दिमाग में एक बिजली सी कौंध उठती और मेरे रोम–रोम से यह आवाज आती कि इस घटनाक्रम पर क्यों न एक साहित्य लिखा जाय। सम्भवतः इसी सोच के परिणामस्वरूप मैंने यह निर्णय लिया कि इस घटना को कविता के माध्यम से व्यक्त किया जाये जिससे कि निश्चित रूप से शब्दों के सहारे हृदय के मर्मस्थल द्वारा काफी गहराई तक उतरकर समाज के उपेक्षित लोगों में ऊर्जा का संचार किया जा सके।

स्त्री–शक्ति को समर्पित यह काव्य कितना सफल होगा यह तो भविष्य के गर्त में है, लेकिन मैंने गहराई की चरम सीमा को छूने का लगभग टिटिहरी प्रयास अवश्य किया है। हालांकि शब्दों ने कल्पना की सीढ़ियों का भी इस्तेमाल किया है, फिर भी यह पुस्तक नारी शक्ति को एक नया आयाम अवश्य देगी। मैनें यथा सम्भव नापतौल कर शब्दों का प्रयोग किया है, फिर भी अगर मेरे शब्दों से किसी को कोई कष्ट पहुंचे तो उसके लिए मैं क्षमा प्रार्थी हूं। यह भी तय है कि यह पुस्तक सही घटना पर लिखी गई है, किन्तु उस घटना से अक्षरशः इस काव्य लेखन का तारतम्य मिल पाना आवश्यक नहीं है क्योंकि भावनात्मक दृष्टिकोण को व्यक्त करने के लिए लगातार भावना भावित मन से भावनात्मक शब्दों को पिरोने की घृष्टता मेरे द्वारा की गयी है। शायद यह शब्द पसन्द आयेंगे ऐसा हमारा विश्वास है।

– सम्पूर्णा नन्द दूबे

पुस्तक-परिचय

अम्बेडकरनगर निवासी अरूनिमा के बारे में जहां पूरा विश्व जानता है, वहां मुझे लिखने की कोई आवश्यकता नहीं है, किन्तु पुस्तक परिचय के रूप में यहां लिखना हमारा कर्तव्य बनता है। अरूनिमा के पूरे परिवार का परिचय, उनके पिता का देहावसान, माता का उनको तथा उनकी बहन सहित एक भाई को लेकर तमाम विषम परिस्थितियों में भी पालन—पोषण, फिर बड़ी होकर उनके खिलाड़ी बनने का स्वप्न, जीवन में विडम्बनाओं का क्षण, नौकरी करने की लालसा, उसी प्रयास में दिल्ली के लिए प्रस्थान करना, रास्ते में दुष्ट व्यक्तियों का उनके ऊपर एकाएक टूट पड़ना, फिर अपने कुकृत्यों में असफल होने पर उन्हें उठाकर ट्रेन से नीचे फेंक देना, रेलवे ट्रैक पर रात भर उनका पड़े रहना, वहीं तमाम हिंसक जानवरों द्वारा उनके घावों को और गहरा किया जाना, फिर सुबह उन्हें उठाकर प्लेटफार्म पर रखा जाना, काफी हो हल्ला मचने के बाद प्रशासन का सक्रिय होना, उन्हें दिल्ली ले जाकर आयुर्विज्ञान संस्थान में भर्ती कराना, उनके पैर को सड़न की वजह से काटकर अलग करना, दूसरे पैर को सर्जरी के द्वारा चलने लायक बनाना, चिकित्सालय में ही बिस्तर पर पड़े रहने, दर्द से भरपूर जूझने के बावजूद बुलंदियों को लगातार न भुलाने की कथा का काव्यामृत जो तैयार किया गया है, उसे पढ़कर किसी के भी जीवन में, किन्हीं भी विकट परिस्थितियों में, विश्व विजय की कामना को बल मिल सकता है। आज दिव्यांग अरूनिमा अपने गैर लाभकारी संस्थान से जरूरतमंदों की मदद करने को तत्पर हैं, और उन्होंने यह समाज को दिखा दिया कि चाहे किन्हीं भी परिस्थितियों में व्यक्ति का हौसला यदि दृढ़ है तो उसे लक्ष्यसिद्धि के लिए काल भी नहीं रोक सकता।

धन्यवाद

नमन है इस संकल्प शक्ति को

भारत की धरती वीर प्रसविनी कही जाती है। सुदूर पूर्वकाल से ही यहाँ वीरों की यशगाथाएँ भारतीय साहित्य को समृद्ध करती रही हैं। अनगिनत वीरों ने इस धरा पर जन्म लिया है, जिसमें नारी का योगदान कभी कम नहीं रहा। यह कहना सम्भवतया अधिक उपयुक्त होगा कि सभ्यता के जन्म और प्रसार के साथ ही नारी, पुरूष के कंधे से कंधा मिलाकर हर क्षेत्र में अपनी विजय पताका फहराती रही है। परन्तु नारी की शक्ति को पहचान कर उसकी यशोगाथा के गान हेतु पहली पुस्तक दुर्गा सप्तशती मानी जाती है। दुर्गा सप्तशती उस मानक को असत्य सिद्ध करती है, कि स्त्री अपनी दुर्बल शारीरिक रचना के कारण पुरूष से उन्नीस पड़ती है। फिर जहाँ इरादे भी मजबूत हों और संकल्प दृढ तो वहाँ न तो कोई बाधा है और न असफलता। यही कहानी कहती है पद्मश्री अरूणिमा जी की वीर गाथा।

ऐसी एक झांसी की रानी की भी है, जिससे जन–जन परिचित है। परन्तु बहुत कम लोग जानते हैं कि उससे भी पहले ऐसी ही एक वीर रमणी तीलू रौतेली (गढ़वाल की लक्ष्मीबाई) नाम से उत्तराखण्ड में हुई है, इन सबके शरीर तो पूर्ण और सही सलामत थे। परन्तु आश्चर्य होता है उस युवती की हिम्मत और लगन पर जिसके शरीर के अंग भी सलामत न हों, जो रात भर अपने शरीर पर से रेल गाड़ियों का गुजरना झेलती रही हो और उसके बाद भी वह एवरेस्ट पर विजय पताका फहरा आए। गायक/लेखक क्यों न उसका गुणगान करें, जिसकी मार्ग दर्शक स्वयं बच्छेन्द्री पाल जैसी महिला हो।

लेखक/कवि सम्पूर्णा नन्द जी ने अरूणिमा की समस्त कथा को कविता का रूप दिया है जो श्लाघ्य और प्रशंसनीय है।

कवि ने भाव–विभोर होकर कथा को जिस तरह से काव्य पंक्तियों में पिरोया है, वह पढ़ने वालों की आँखें नम करने के बाद भी देश की नारी शक्ति और उससे भी बढ़कर संकल्प शक्ति का लोहा मनवाने में पूर्णतया समर्थ और सक्षम है।

इस सद्प्रयास हेतु लेखक साधुवाद और बधाई के पात्र हैं। अरूणिमा के दृढ़ संकल्प को नमन।

आशा शैली
सम्पादक,
शैलसूत्र (त्रैमासिक)
इन्दिरा नगर–2, लालकुँआ
जिला नैनीताल–262402

भूमिका

भारत की बेटी (अरूनिमा सिन्हा) के बारे में सम्पूर्णा नन्द जी ने कविता के माध्यम से बहुत ही मर्मस्पर्शी ढंग से लिखने का सफल प्रयास किया है। (Because Arunima under my guidance and full support of Tata Steel Adventure Foundation was able to climb Mt Everest)। उसने अपंग होने के सारे तथ्यों को झुठलाते हुए अत्यन्त कठिन साहस का जो परिचय दिया वह काफी दुर्लभ है। जिन परिस्थितियों में साधारण इंसान हार मान जाता है, ऐसे कठिन समय में भी उसने साहस का पुरजोर परिचय दिया, अन्ततः उसने एवरेस्ट पर विजय पा ही ली।

सम्पूर्णा नन्द जी ने अरूनिमा सिन्हा के जीवन वृत्त सहित उन घटनाओं का जो चित्रण किया है, उसके लिए मैं, भरे हृदय से उन्हें धन्यवाद देती हूं। यह पुस्तक निश्चय रूप से भारत की बेटियों को ही नहीं, बेटों को भी प्रगति के पथ पर निरन्तर आगे बढ़ते रहने की प्रेरणा देगी। साथ ही साथ यह मेरी कामना है, कि सम्पूर्णा नन्द जी की लेखनी इसी तरह से सतत् चलती रहे और समाज को एक नई दिशा देने में अपनी भूमिका निभाये।

सधन्यवाद लेखक/कवि को कोटिशः बधाई।

बच्छेन्द्री पाल
मुख्य अधिकारी साहसिक कार्यक्रम
टाटा स्टील
टाटा स्टील एडवेन्चर फाउण्डेशन
जमशेदपुर
91—657—2645189
91—657—9234511065

प्रेरणा

हर कथानक का कोई निमित्त होता है, प्रत्येक घटना व कालक्रमों के पीछे किसी न किसी महापुरुष का श्रेय होता है। हमारी काव्य रचना का भी निमित्त यदि कहें तो एक बार तत्कालीन प्रधानमंत्री श्री राजीव गांधी को समर्पित एक काव्य–रचना हमारे परम पूज्य बड़े ताऊ जी स्व0 पं0 भोला नाथ शास्त्री जी (संस्कृत के मूर्धन्य विद्वान जो अब जैविक जीवन को छोड़कर सूक्ष्म जगत के निवासी हैं) प्रस्तुत की थी, जिसमें शब्दों की अभिव्यंजना इतनी आश्चर्यजनक थी कि प्रधानमंत्री के द्वारा उन्हें पुरस्कृत किया गया था। उन्हीं से प्रेरित होकर मैंने भी एक छोटा सा प्रयास किया। अपनी प्रथम रचना 'सह्याद्रि समर्थ शिवा' में, स्वर और व्यंजनों के अद्भुत प्रयोग से उक्त पुस्तक को एक जीवन्त रूप मिला। पुस्तक की छपाई के लिए भी बड़े ताऊ के पुत्र तथा हमारे अग्रज श्री काशीनाथ द्विवेदी जी ने भी मुझे आर्थिक तथा बौद्धिक मदद की और मैं साहित्य के आंगन में प्रवेश किया। हलांकि मित्रों का भी सहयोग मुझे पूर्ण रूप से मिला, नहीं तो शब्द का प्रार्थी बिना 'अर्थ' के साहित्य के समुद्र में गोते लगा पाने में सर्वथा असमर्थ ही रहता। ऐसे प्रेरणा स्रोत पुरुषों का मैं जीवन भर आभारी हूं और रहूंगा। हां यह भी है कि मैं उनका यह उपकार जीवन भर चुका पाने में सर्वथा असमर्थ हूं ऐसी स्थिति में उनका आशीर्वाद मुझे इसी तरह से मिलता रहे इसके लिए मैं चाहे वह सूक्ष्म रूप में हो या स्थूल रूप में प्रणाम करता हूं और आशीर्वाद स्वरूप इस साहित्य को आरम्भ करता हूं।

अनुक्रमणिका

सरस्वती वन्दना

या मां वीणावादिनी वर दे

कुन्देन्दु सा धवल मन कर दे

तुषारहार कण्ठे जीवन्त स्वर भर दे

धवला हो सदा जीवन सबका सफल कर दे

या मां वीणावादिनी वर दे

भुभ्रवस्त्रावृता देवी सुघर स्वर दे दे

या सफल हो जाय जीवन ऐसा कुछ कर दे

वीणावरदण्डमण्डित तान से भर दे

करा से दे अभय सबको ज्ञानमय कर दे

या मां वीणावादिनी वर दे

श्वेतपद्मासना देवी शब्द सुघर कर दे

या मेरे शब्दों को माता ज्ञानमय पर दे

ब्रह्माच्युत ही नहीं तेरी वन्दना सदा करते

शंकर सहित सभी मिल अर्चना यदा करते

प्रभृतिर्भिदेवै सदा सदियों से मिल ध्याते तुम्हें

सदा शब्दों से झरे वह निर्झर स्वर झर दे

वंदिता ब्रह्माण्ड का कल्याण हो, वर दे
सा देवी मां भगवती स्वक्ष तन–मन दे
मां मेरे दुःख दूर हों जीवन में वह फर दे
पातु कर देवी तमस् सब मेरे तूं हर दे

सरस्वती देवी मुझे निर्मल सहज कर दे
भगवती माता मेरा सब पाप तूं हर दे
निःशेष पापों से सदा जो पुण्यमय कर दे
जाड्यापहा देवी करे फुर चेतना भर दे

अरुणिमा

अरुणिम अरुणिमा पर काले घन बन छाये
रूकी नहीं आभा वह दूर तक बिखरा गयी
निशा काली–काली भी नहीं कुछ बिगाड़ पायी
माता की सुपूती नया रंग निखरा गयी

काल से दो चार हाथ करने को वह आतुर
लहू गिरे धरती पर उफ भी नहीं किया
कोई नहीं पास आस जीने की नहीं छोड़ी
भीतर ही भीतर हृदय पत्थर कर जी लिया

माता विधाता को मन ही मन याद करती
तन पर पचासों उसके लौह चक्र चल गये
देकरके मात काल को भी वह प्रातः तक
गरल बनके जीवन के चले चक्र खल गये

ईश्वर को भाया क्या आखिर यह माया क्या
माना यह सबने विधाता के खेल को
नहीं था अथाह जिसका किसी ने न थाह पाया
बढ़ा दिया मान वह काल गई झेल जो

ढाल कर के मार थाप समय के नगाड़े पर
देश की यही बेटी पतित पावनी गंगा
शब्द–शब्द कहते हैं सदा कहते रहते हैं
काल के कपाल पर फहरा गयी तिरंगा।

मातृ रूप वन्दना

अर्चना करते सकल ब्रह्माण्ड जिनको पूजता
विष्णु माया रूप में चहुं ओर स्वर यह गूँजता
चेतना के रूप में सब प्राणियों में डोलती
बुद्धिरूपा बुद्धि के सब द्वार सारे खोलती

वही निद्रा रूप से कण–कण में रस को घोलती
क्षुधा बनकर ज्ञान की सब भ्रान्तियों को खोलती
वह पिपासा ज्ञान की सब दूर तत्पर कर रही
शेष होते बुद्धि के भण्डार सारे भर रही

प्राणियों के साथ छाया बनी माता ड़ोलती
शक्ति रूपा है यही अब सृष्टि सारी बोलती
जो बनी तृष्णा स्वरूपी प्राणियों में है जहां
शांति के उस रूप की मैं वंदना करता यहां

जाति रूपी महादेवी कर रहे हम अर्चना
बसी लज्जा रूप में करते सदा हम वन्दना
स्वयं श्रद्धावान करती बसी श्रद्धारूप में
कान्ति बन वह प्राणियों के सकल स्वयं स्वरूप में

स्वयं लक्ष्मी बन रमे समृद्ध हों सब कह रही
वृत्ति बन कर लक्ष्य जीवन का सदा तय कर रही
बनी वह स्मृति स्वयं संचार करती ज्ञान का
दया बन करके दया करना जो ऐसे भान का

तुष्टि बन कर बस रही सन्तुष्ट करती ज्ञान से
मातृ बन वात्सल्य से सिंचित करे वह ध्यान से
भ्रान्ति रूपी बनी सारी भ्रान्तियों को दूर कर
जगतव्यापी माँ सभी के गर्व सारे चूर कर

अखिल जग चैतन्य बन माता सभी में व्याप्त है
भर गये सब ज्ञान से ज्ञाता सभी पर्याप्त हैं।

जीवन वृत्त

भारत गांवों में बसता सब कहें सही हैं
विश्वगुरू सदियों से धरती यही रही है
भारतीय धरती है, वीरों की ही थाती
देख गर्व से फूल गई, सबकी ही छाती

प्रतिभायें सदियों से, ऐसी यहां रही हैं
तभी पुण्य से, धरती अपनी, नहा रही है
जो सुदूर देशों ने माना यही सही है
स्वर्ग कहीं धरती पर हो जो यहीं, यहीं है

वैश्विक स्तर पर, छा जायें, जो प्रतिभायें
आयें एक उसी प्रतिभा, को हम सब गायें
अम्बेड़कर नगर बसता उत्तर प्रदेश में
प्रतिभा जाग उठी, ऐसे उत्तम प्रदेश में

कीर्ति बालिका की फहरी, जो विश्व पटल पर
नाम गांव शहजादपुरा का, दिया अटल कर
अरूणिम अरूण अरूणिमा, विश्व पटल पर छायी
मान मिला सम्मान, विश्व में ऐसा पायी

गायें, कर विस्तार भाव से, उसकी गाथा
जिसके आगे, नत मस्तक है सागरमाथा
मूल मगध के नाम, आज जिसका बिहार है
पिता जिन्हें, सहस्त्र कोटि अब नमस्कार है

अभियन्ता जो, भारतीय सेना में रत थे
सुल्तानपुर रहे, देश—सेवा में नत थे
कुछ समयोपरान्त, विधाता को क्या सूझी
किलकारी, माता के, आंगन में जब गूंजी

पहले से ही पुत्री, पुण्य प्रसूता मां की
पाई फिर से पुत्री, तब स्वीकार वहां की
पहले रही सुपुत्री, फिर से पुत्री पाई
फिर भी दोनों को, पुत्री बहुत ही भाई

लाड़—प्यार से, लगे पालने, पावन पुत्री
माता और पिता के, यह मन भावन पुत्री
घुटनों के बल चलती, शनै—शनै वह बढ़ती
जीवन के सोपान चढ़े, गिर पड़े, सम्हलती

नव वर्ष, हर्ष के, यूं ही सब—अब बीते
ह्लास और उल्हास, सहित सब जीवन जीते
कर बिहार, उत्तर प्रदेश में, वह जब आये
अभी काल कुछ ही, आ—करके, यहां बिताये

अल्प समय उपरान्त, बीतता गया वर्ष यूं
झपटा मारा क्रूर काल के पंजों ने ज्यूं
जनक रहे, उन्होंने, छोड़ दिया अब जीना
खुशियों को उनकी, असमय समय ने छीना

गिरी धरा पर, कटे वृक्ष सी, वह तो माता
लिखा अभी क्या, और बताएं, भाग्य विधाता
धरती, खिसक गयी हो, जैसे उसे लगा था
टूट गया वह, निकल गया जो, वहां सगा था

जो पहाड़ सा, जीवन कठिन, कहां तब बीते
बिना अन्न के, कठिन समय को, कैसे जीते
अगम रहा आगम, जीविकोपार्जन कैसे
पेट भरे होगा उसको, अब अर्जन कैसे

बड़ी कठिनता से, जीवन वह वहां बिताई
अम्बेड़कर नगर में, गयीं जीविका पाई
यह था स्वास्थ्य विभाग, लगा जीवन अब चलने
आप सहित परिवार, लगा स्वयं अब पलने

यूं तो जैसे–तैसे, उनका जीवन चलता
पर विडम्बना का क्षण उनको बहुत अखरता
जीवन तो चल पड़ा, किन्तु पीड़ा ना कम थी
टूट गयी जीवन में, हर पल आंखें नम थी

ऐसी लगी चोट, कौन बच पाये जिससे
टूट–टूट कर बिखर गई बताये किससे
समय बीतता घाव भरे, पर भरता कैसे
जीवन जीने को है यह, जो मरता कैसे

काल छीन ले गया, प्रवंचक बन कर ऐसे
बैठा जो हो इसी ताक, बन–ठन कर जैसे
जगत नियन्ता ने, सुधारने की भूल को
दिया गोद में डाल, एक नन्हे से फूल को

गये महीने अल्प, लाल एक जो आया
माता के मन में यह, नई खुशी बन छाया
दो पुत्री संग, एक पुत्र का, पेट जो भरती
सश्रम जीवन से, दो चार हाथ, वह करती

समय बीतता जा, स्मृतियां धुंआ हो रही
ज्येष्ठ सुपुत्री माता की, अब युवा हो रही
सोचा बांधे, दाम्पत्य बन्धन में उसको
माता और पिता सम, बढ़कर पाला जिसको

यौवन की सीढ़ी पर, कन्या कदम बढ़ाई
माता के चिन्ता की, और बढी गहराई
ऊँच–नीच का सोच, सिहर माता की छाती
सोच–सोच कर बिखर गयी, वह किसे बताती

पर कहते हैं रिश्ते, बनते जहाँ स्वर्ग में
माता को वर मिला, सुयोग्य जो इसी वर्ग में
दाम्पत्य बंध में बांधा, एक युवा संग
जीत लिया उसने, समाज में एक और जंग

नन्हीं सी सोनू भी, धीरे—धीरे बढ़ती
अरुणिम अरुण अरुणिमा सी, दिन—दिन अब चढ़ती
देख मात ने, उस पुत्री की भाव भंगिमा
नाम दे दिया उसका उसने तभी अरुणिमा

उदय सहित अस्त तक, सूर्य एक सा रहता
सुःख—दुःख को, समान रूप से, मानव सहता
वैसे ही सुःख—दुःख को, जब अनुभूत किया तब
जीवन ने उसको मानों, सब दर्द दिया जब

बड़ी कठिनता से जीवन, जब उसका चलता
यह जीवन माँ सहित, सभी को था अब खलता
बचपन से ही, कुछ करने की, उसने ठानी
विडम्बनाओं का क्षण, अब लगता बेमानी।

क्रीड़ा को साधन बनाया

छूने लगी अरूणिमा, नित नये आयाम को
टूट पड़ी काल पर ही, ले स्वयं नाम को
जीवन में कुछ करने का, साधन अपनाया
खेल खेलने को, जीवन आधार बनाया

खट्टे—मीठे, सामाजिक अनुभव बतलायें
लिये हाथ में हाकी जब, क्रीड़ा को जाये
हँसते लोग, उड़ाते खिल्ली, इसी बात पर
दुःख तो बहुत हुआ, समाज के इसी घात पर

कहा गया कन्या को, क्यों तब पावन गँगा
फिर समाज का रंग नया, यह क्यों बेढंगा
उथल—पुथल को, दर किनार कर, क्रीड़ा को वह
खेली सदा, अरूनिमा, सारी पीड़ा को सह

यही खेलने को उसने, इतिहास बनाकर
देश—प्रदेश में जो उसने, परचम लहराकर
दूर—दूर तक, लगी खेलने, संगत हो के
बालीबाल, फुटबाल, स्वयं पारंगत हो के

जीविकोपार्जन, वह, करेगी खेल सधा के
लगी खेलने वह, बालिका बिना बाधा के
उच्चतर माध्यमिक, स्तर में की पढ़ाई
आगे और पढ़े, उसको शिक्षा अब भाई

स्नातक स्तर की उसने, ली न्यायिक शिक्षा
न्याय सीखने की खातिर, दी न्याय परीक्षा
एक बार फिर, माता को, यह बात सताई
करें ब्याह उसका, वह चिन्ता से घबराई

रीति-नीति भी, माता को, अब पड़ी दिखाई
योग्य मिले वर, इसकी उसने बात चलाई
वर मिल गया, विवाह अरूणिमा का तब करके
चिन्ता-मुक्त हुई माता, विवाह यह करके

कुछ दिन ही, चल पाया वह, खुशियों का जो क्षण
मानों दुविधाओं ने, रख छोड़ा अपना प्रण
फिर दुःख का घन, जो अरूणिमा पर गहराया
कठिन काल, उस पर, घनघोर घटा ले आया

पति-पत्नी में सदा, मनमुटाव हो गया
छोड़ दिये दोनों को दो, दुराव हो गया
एक बार फिर से वह, एकल जीवन जीती
खुशियों का पल लगता, बातें हैं जो बीती

खुशियों को लग गया ग्रहण, अब क्या वह करती
जीवन की नैया को, पार कहां कब करती
बड़ी बहन के पति ने, उसको कुछ समझाया
जीवन जीने के पथ को, आसान बनाया

भाई साहब का सम्बोधन, उनको करती
सदा मदद करते, जब वह दुविधा में पड़ती
समझाये वह क्रीड़ा का, साधन अपनाये
अर्द्ध–सैनिक बल को, अपना लक्ष्य सधाये

आरक्षित होता, खिलाड़ियों के, निमित्त जो
भाई साहब ने समझाया, उसका हित जो
जीवन जीने को, उसने जो, लक्ष्य बनाया
भाई साहब ने, बस यही, उन्हें समझाया।

अभिशप्त काल-क्रम

जैसे तिनका डूब रहा हो, मिला सहारा
मिली अचानक जीत, बैठ थका जो हारा
यह उपाय सचमुच, अरूणिमा को तब भाया
आजीविका मिले उसने, साधन अपनाया

सीमित पद होता जो, रहे खिलाड़ी उनको
लाभ यहीं वह पाये, जो अपनाये उसको
आजीविका मिलेगी, सम्भव होगा जीना
खुशियों के पल को, पल ने पल में ही छीना

भाई साहब ने दुःख में, जो साथ निभाया
माता व बहन ने भी, बहुत समझाया
यह सुझाव भाया, अरूणिमा प्रफुल्लित होकर
भेज दिया प्रस्ताव, बना सारे दुःख खोकर

जो अशुद्धि थी, जन्म–तिथि से ही सम्बन्धित
एक बार फिर राह हुई, अब उसकी बाधित
त्रुटि को शुद्ध कराने, चल दी मुख्यालय को
छोड़ दिया, अरूणिमा ने, अपने आलय को

यहीं घटी घटना, बिदार दी सबका हिरदय
सिहर–सिहर सा गया, भले हो जितना निरदय
घटी हुई घटना, दुःसह दुःख, लिये हुई थी
हुआ साथ उसके, जहां वह गई हुई थी

जीवन तो बतलाया, जो सुःख—दुःख का संगम
इस समाज में सहज, सुह्द संग रहते निर्मम
यदि समाज में, शुद्ध विचारों के आलम्बी
वहीं अशुद्ध विचारों के भी, हैं अवलम्बी

श्रम को छोड़, अपावन मार्ग, सदा अपनाते
करे अपावन कृत्य, कार्य ऐसा कर जाते
लूटमार को ही अपना, बस ध्येय बनाकर
आजीविका चलाते, पाप मार्ग सें आकर

जैसे घेरे घटा, अरूण की पूर्ण अरूणिमा
राहु घेर घेर लेता ज्यूं चन्द्र पूर्णिमा
वर्ष सहस्त्र द्वयी एक दश अप्रैल का ग्यारह
अपराधी जग गये, हुआ उनका पौ बारह

पद्मावत द्रुत गामिनि, पर वह जो सवार हो
मांग रहा जीवन, उससे जो अंगीकार हो
चल दी वही अरूनिमा, जो देलही नगर को
जीवन हो आसान, खोजने कठिन डगर को

यात्रा करने को उसने, सामान्य टिकट से
करने अब संघर्ष, मार्ग में काल विकट से
निशा हुई लौह पथ गामी, देखी—भाली
यात्री—शून्य वाहन था उसमें जगह बना ली।

पाप-आप का संघर्ष

पूरी जगह बैठने के, अतिरिक्त जो पाई
पांव पसार लेटने को, मन वहां बनाई
जो परात में, भोजन का, सामान पड़ा हो
मिलने वाला धन से, कोई भरा घड़ा हो

थी सबसे अनजान, ले रही निद्रा वह थी
धारण किये सुवर्ण, वहां एकान्त जगह थी
देखा जब वह, पहने थी स्वर्ण की माला
पाने के उसको ही, लक्ष्य बना तब डाला

देख बालिका को नितान्त, एकान्त मार्ग में
लूटें वहां उसे जाकर, इस शान्त मार्ग में
साथ लुटेरे जो, गिनती में कई गये थे
देख अरूनिमा भौचक, ये परिदृश्य नये थे

वह निराश होकर, बस देख रही थी उनको
साक्षात् मौत ग्रसने आयी थी उनको
फिर भी वहां अरूनिमा, ने विरोध लिया था
एक स्वयं में मात्र अपितु, प्रतिशोध किया था

वह अनेक एक, कैसे अब काबू पाये
फिर भी जीवन जीने को, कुछ जुगत लगाये
उसने दे जी–जान, स्वयं को बहुत बचाया
पर संख्या बल ने, अतिशय अब उसे छकाया

हार गयी थी सत्य, पराजित वहां हो रहा
नीति, धर्म, विवेक सभी अब वहां सो रहा
जब कुछ पाने का, सारा प्रयास निष्फल था
पाप वहां कुछ पाने को, फिर थी असफल था

पथ था लौह, लौह पथ गामी, भाग रहा था
सत्य ले रहा निद्रा, पापी जाग रहा था
कुटिल हृदय का पाप, ले रहा तब अंगड़ाई
सरल हृदय हिरणी को, तब यह दिया दिखायी

जैसे मृग छौने के आगे, बाघ खड़ा हो
सीधा सरल व्यक्ति, सामने घाघ खड़ा हो
सूझा नहीं अन्य, मार्ग जिसे अपनाये
दुःसह घड़ीं, अब किसे बुलाये

असहाय सी देख, बालिका निरूपाय सी
थर—थर कांप रही थी, वह असहाय गाय सी
जैसे खड़ग, हाथ में लेकर खड़ा कसाई
मरने को तैयार, नहीं देख परछांई

काल रूप साक्षात्, समक्ष जब दिया दिखाई
उसे नोचने को आतुर, जब किये चढ़ाई
पापी के सिर पर, तब जैसे पाप चढ़ा था
पंजा पापी का जो, पल—पल आप बढ़ा था

जब सवार हो खून, कौन समझाये इनको
कुछ थे आस—पास, पर कौन बचाये इनको
सहमे—सहमें, देख रहे थे, सभी दृश्य को
नहीं बढ़े आगे, रोके जो, किसी कृत्य को

नहीं किया साहस, बढ़ कर जो आगे आयें
बढ़ा एक ना हाथ, जो जाकर उसे बचाये
होनी भी होने को, होना अब दिखलायी
वही हुआ होना था, पहले से जो आयी

जो हौसला बुलन्द, अकेले वह क्या करती
एक अकेले ही कैसे, अब सबसे लड़ती
अस्मत सहित स्वर्ण, नहीं हाथ जब आया
उससे जब उन्होंने, नहीं वहां कुछ पाया

मौत के अंक में अरुनिमा

मिल कर उठा लिए, लाचार एक कन्या को
माता की लाड़ली, वहां उस सु–धन्या को
दिया उछाल उसे, जैसे सामान बुरा हो
इससे बुरा बचा क्या, जो हो और बुरा हो

जीवित होकर भी, असहाय रही बेचारी
मिलकर सभी पड़े, असहाय कन्या पर भारी
गया हलक को प्राण, निकलने को अब आतुर
गिरी लौह–पथ पर, अत्यन्त वह हुई भयातुर

मान गयी अब, जीवन उसका शेष नहीं जो
सारे सपने पल में ही, चलते विशेष जो
पल में ही परिदृश्य वहां, जो घूम रहा था
पापी करके पाप खड़ा, अब झूम रहा था

स्वर्ग निवासी पिता, कहीं दे रहे दिखायी
मधुर–मधुर वाणी, मां की दे रही सुनाई
वहीं रहा नेपथ्य, खड़ा छोटा सा भाई
दृश्य पटल पर, बड़ी बहन भी अब जो आई

मनः पटल पर पलक, झपकते नया दृश्य जो
आते–जाते पास, दूर, होते अदृश्य जो
ज्ञात नहीं था दृश्य, कई आते जाते थे
कुछ मन हर्ष विशेष, विषाद भी दे जाते थे

ऐसे कठिन क्षणों को, कैसे ले सम्भाल जो
कैसे ले सहेज, क्षण सारे एक काल जो
भान नहीं हो पाया, उसका ज्ञान खो गया
कुछ समय उपरान्त वहां तन शान्त हो गया

वह निढ़ाल होकर, निश्चेत पड़ी वहां थी
पडा अधर में, उसका जीवन, गयी जहां थी
हाथ पापियों के, हो रहे दूर उससे थे
दोनों हाथ शून्य में, बढ़ मजबूर उठे थे

दोनों हाथ बढ़ाकर मानों, नभ में देखा
स्वयं विधाता, खांचे मेरी जीवन रेखा
वहां अरूनिमा को, उन्होंने ऐसे डाले
जैसे गेंद, जो ड़ाल दिया, मौत के पाले

गिरी वहां, कंकड़ पत्थर, जो पड़े जहां थे
रग—रग में चुभ गये, जो तन में गड़े वहां थे
हो क्षत—विक्षत शरीर, अचानक मूर्छा आयी
आगे हुआ साथ उसके, वह समझ न पायी

कुटिल समय, यह देख रहा था, स्वयं नेत्र से
कहां विधाता रहा, बचाता उसे क्षेत्र से
दो पथ थे, पहले से वहां, लौह से निर्मित
दोनों के जो बीच, पड़ी थी शून्य समर्पित

अस्त–व्यस्त होकर, शरीर पटरी पर उसका
थी निश्चेष्ट पड़ी, नहीं कोई था जिसका
तभी दूसरी ओर, काल अत्यन्त वेग से
चला आ रहा, लेने को स्वयं चपेट से

लगा एक झटका, पांव तब अलग हो गया
एक अंग सर्वांग स्वयं से विलग हो गया
रही रात अंधेरी, वह क्षत–विक्षत पड़ी थी
क्षत होकर भी पड़ी रही, वह ज्यों अक्षत् सी

दृढ इच्छा–शक्ति, अपरिमित कितनी उसके
नहीं प्राण निकल पाया, शरीर से जिसके
कटे पांव दर्द से, जब बिलबिला रही थी
पूरी निशा मात्र दर्द, तिलमिला रही थी

गयी लेखनी कांप, दृश्य अब दिखें यहां क्या
रही यहां मजबूर, हो आखिर लिखे यहां क्या
रक्त सना सब अंग, प्रवाहित अंग–अंग से
जैसे निकला जो, योद्धा हो, किसी जंग से

वाहन रेल कहें, जिसको, सब आते जाते
बार–बार आवृत्त रूप से कुचलें, जाते
वहां पड़ी बेड़ौल, वस्तु सी, कटती जाती
जीवन जीने से, दूर अब हटती जाती

कई दहाई वाहन आये, चले जा रहे
सारे अंग, अरूनिमा के, सब सहे जा रहे
घुप्प पड़े अन्धेरे में, कटती मिटती सी
जीवन से धीरे–धीरे, मानों हटती सी

बिल्कुल ठीक सामने, मौत दिखायी देती
सीटी लौह गामिनी की, सुनाई देती
वह मजबूर पड़ी थी, इतनी कठिन डगर में
दी पद्चाप मौत की सुनी वह उसी प्रहर में

रेलगाड़ियों का रेला, चल गया उधर से
उसके अंगों पर से, निकला उधर जिधर से
यूं तो बातें हुई सभी, जो कहे पुरानी
कलमबद्ध करना, इसको जो हो बेमानी

रही लेखनी, थर–थर–थर–थर कांप
आज क्या लिखे कहानी
फिर भी उस बाला की, अजगुत कथा
लिखी यहां ना मानी

यह तो रही कल्पना, सत्य नहीं कह सकते
दर्द वहां कैसे, तब सहा नहीं कह सकते
एक सींक चुभ जाय, दर्द का हुआ ज्ञान जो
कई कुटिल पत्थर, धंसे क्या हुआ भान जो

एक मात्र ही नहीं, पचासों बार कटी वह
पूरी रजनी, पटरी के ही बीच, कई—कई बार बंटी वह
सभी रात्रि—चर जीव, वहां एकत्र हो गये
जीवित मांस मिला, उनको सब तत्र जो गये

जीती रही परन्तु, उन्हें हटाये कैसे
जिनका वही स्वभाव, उन्हें समझाये कैसे
नोंच—गोंच कर, खाये उनका, ग्रास बनी वह
कई नृशंस एक संग, खाये रात घनी वह

भान किया, थे जहां, सभी ना कोई बचाये
नहीं यहां था मात्र, व्यक्ति बचाने आये
जीवित शव सी पड़ी, लौह पथ रही ओट से
चाट उड़ायें मांस, अधम सब उसी चोट से

जो सियार, कुक्कुर, तैयार भोज, अब खाने
पसरा रक्त, वहीं चींटे—चींटी भी पाने
रोते—रोते कण्ठ, रूंधा सा, होठ शुष्क था
नहीं उसे यह ज्ञात, विधाता क्यों रूष्ट था

बहुत रूदन कर लिया, शेष आह वह भरती
रत्ती भर वह ड़ोल न पाये, तब क्या करती
यह वीभत्स दृश्य, देखकर काल लजाया
लिखे लेखनी क्या, कुछ भी समझ ना आया

करें कल्पना, जिस शरीर पर, गाज गिरी थी
बिना सहारे वहां, अरूनिमा आज घिरी थी
उस असह्य दर्द को, लिखना सदा असम्भव
बीता जो उस–पर, कुछ भी कहना ना सम्भव

पूरी निशा कटी, उसकी अब, कांप–कांप कर
कंठ सूख से गये, जीवित, वह हांफ–हांफ कर
समय–चक्र चलता रहता, जो सदा निरन्तर
घिर रजनी, हो आया, रात्रि प्रहर का अन्तर

कैसे कटे अकाल, काल का निर्मित, यह क्षण
फिर भी कटी रात्रि, मानो, उसका हो जो प्रण

प्राण रक्षा को बढ़े हाथ

पूर्व दिशा में कलरव, अब दे रहा सुनाई
अरुणिम अरुण हुआ, देख अरुणिमा लजाई
सूर्य सूर्ख हो उठा, रक्तमय उसकी आंखे
बोल पखेरू उड़े, बजा—बजा कर पांखें

मरा हुआ उल्हास, अरुणिमा मद्धिम छायी
वहां अरुणिमा का शरीर, दे रहा दिखायी
लौहमार्ग में नित्य—कर्म, करने को आये
देखे श्वान, मानव शरीर, नोंच कर खायें

चूहे भी, चटकारे लेकर, चाट रहे थे
अरूनिमा के, उस शरीर को, काट रहे थे
कोलाहल तब हुआ, वहां कुछ ने जब देखा
आंखें फट सी गयीं, दिखा किस्मत का लेखा

विस्फारित नेत्रों से, सभी देखते रहते
कुछ आंखों को, बंद किये, कैसे यह सहते
जुटे सभी जब, हुआ सवेरा, कर विमर्श अब
बड़ी जुगत से, मिलजुल कर, बटोर लिए सब

किये किनारे, रखे सुरक्षित, हुई अरूनिमा
मानों क्षत—विक्षत सी, अब हो गयी पूर्णिमा
कुछ समय बीता कोई ना आगे आया
जाय चिकित्सा मिले, किसी को भी ना भाया

तन था लहू–लुहान, पड़ा किनारे यूं–ही
पड़ी रही अरूनिमा, बिना सहारे यूं–ही
बस रहस्य रोमांच, देखने सब आते थे
देखे तत्पश्चात्, वहां से सब जाते थे

बीते घण्टे कई, तभी उसको पहुंचाया
स्थानीय, चिकित्सा को, भर्ती करवाया
पड़ी वहीं, उसकी हुई, सामान्य चिकित्सा
अभी कौन शेष, थी उसकी कठिन परीक्षा

समाचार बातों–बातों में, फैल चतुर्दिक
कुछ थे सम–आचार, समाचार समर्पित
उन्होंने यह दृश्य, विश्व भर को दिखलाया
ऐसे क्रूर कृत्य को, तभी पटल पर लाया

देते सब धिक्कार, हुआ जो कृत्य घिनौना
रही खिलाड़ी राष्ट्रीय, अब हुई बिछौना
घृणा योग्य वह लोग, जिन्होंने कार्य किया था
प्रखर बालिका को, मौत के नाम दिया था

समाचार हुंकार बना, तब दिल्ली पहुंचा
लोकतंत्र की सदा, उड़ाने खिल्ली पहुंचा
सूख चुके हैं कान, जहां इंसान नहीं है
जिनके मनःपटल पर, अब भगवान नहीं है

सम्पूर्णा नन्द द्

जन–मानस से सरोकार, उनका ना रहता
भले भुक्त–भोगी, भोग कर, तिल–तिल मरता
समाचार सा, कानों में, हुंकार जो गया
राजतंत्र भी, कर के तब स्वीकार, जो गया

शासन के लोगों ने, ले जाकर पहुंचाया
समय नहीं था तनिक, उन्होने वहां गंवाया
मौत जिन्दगी के झूले में, झूल अरूनिमा
पींग लगाता काल, ले गया मूल तरूणिमा

काल लगाये पींगे, जीवन के झूले में
मात्र कुछ दूरी थी, उसे मौत छूने में
अखिल भारतीय आयुर्विज्ञान संस्थान में
लाया गया उसे, ऐसे विशेष स्थान में

गहन चिकित्सा हुई, अरूनिमा जीवन पायी
जीवन जीने को, उसके हुई कठिनाई
बहुत प्रयास किये, चिकित्सक बचा न पाये
घुटने के नीचे से, उसने पांव गंवाये

कदम ताल करती, देखी थी मौत कदम पर
कदम–कदम पर, मौत, मौत थी कदम–कदम पर

कुछ पाया बहुत खोया

कुचला हुआ पांव, दूसरा पांव अलग था
एक पांव साबुत, दूसरा सदा विलग था
कर प्रयास कृत्रिम–अस्थि का लिया सहारा
एक पांव बचा चिकित्सक जो ना हारा

एक पांव बच गया, दूसरा ना बच पाया
उचित चिकित्सा मिली, तभी जीवन खंच पाया
पड़ी रही अरूनिमा, चार मास तक यूं ही
जीवन जिया खास यहीं उसने ज्यूं– त्यूं ही

आते–जाते लोग, दिलासा देकर जाते
तरह–तरह से, आकर के, उसको समझाते
बेचारी लाचार, समझ सब, सहानुभूति से
अवगत सभी कराते, स्व–आत्मानुभूति से

आंखों से झर–झर आंसू, हिय पिघल–पिघल कर
लगातार यूं गिरते, झरने निकल–निकल कर
सपने देखे थे सारे, अब चूर हो गये
सारे सपने उसके, उससे दूर हो गये

नहीं सुहाता उसे, सभी बेचारी कहते
उसको देख देखकर, जब लाचारी कहते
इतने कठिन समय में, भी वह हार ना मानी
स्वयं वहां अपने को, वह लाचार ना मानी

माता देखें जब, अपनी प्यारी अरूनिमा
ढ़ाढें मार, फूट—फूट कर, रोती थी मां
होनहार सपना था, उसका दूर हो गया
होनहार के आगे, सब मजबूर हो गया

होनहार ने, होना होकर, ही दिखलाया
होने को होनी ने, होना अब बतलाया
उस अदम्य साहस को, सादर नमस्कार है
कट जाना मिटना, किंचित ना अंगीकार है

छोड़े नहीं, मिटाने वाले, कोर—कसर जो
रंचमात्र इतने पर भी, ना हुआ असर जो
होता कोई अन्य, संभव था, चूर हो जाना
ऐसे दुःख को झेल, बहुत मजबूर हो जाना

फिर एक बार यहां, साहस को नमस्कार है
जिसको मिटना नहीं, रंचमात्र स्वीकार है
ऐसी ही, गरिमा दिखलायी, अरूनिमा ने
बेटी अजब जनायी, भारत की उस मां ने

देखें यहां, अरूनिमा ने, क्या किया वहां था
यहां बताये अब, कि उसका ध्यान कहां था

अदम्य साहस

पड़ी एक स्थान, समय काटे ना कटते
किससे कहे दर्द अपने, जिससे वह बंटते
समय कटे, काटे कैसे, बस एक जगह में
मन में उथल–पुथल थी, मन अब नहीं सतह में

बने घरौंदे बचपन के, अब सारे ढह गये
दर्द असीमित आज, अरूनिमा हृदय रह गये
सूझा एक उपाय, पढ़े कुछ, ध्यान बंटाये
समाचार–पत्रों को, पढ़कर समय बिताये

दर्द न हो स्मरण, उसी का लिया सहारा
समाचार पत्रों को, पढ़ा, सोचा, विचारा
चिकित्सकीय संरक्षा में, ही पढ़ती रहती
समाचार–पत्रों को, सदा उलट पलटती

कुछ संदर्भ अचानक, सम्मुख उसके आये
कुछ व्यक्तित्व, सदा पटल पर उसके छाये
उसमें से व्यक्तित्व एक, जो उसे मिला था
बच्छेन्द्री पाल को, पढ़ हौसला खिला था

रहीं पाल भारत की ऐसी पहली महिला
एवरेस्ट चढ़ने का साहस उन्हीं से मिला
जीवन के पूर्वार्द्ध निराशा से जूझी थीं
जीवन को अत्यन्त निकट से वह बूझी थीं

पढ़ा पूर्व में वह विरोध का भी दुःख झेलीं
पर सारे प्रतिमान तोड़कर श्रेय सब ले लीं
रहीं पांचवीं महिला जग की करीं चढ़ाई
एवरेस्ट पर विजय पताका जो लहराई

सधा लिया जीवन को ऐसा कुछ कर जायें
सदा विश्व–पटल पर कुछ ऐसा बन छायें
मन में था विश्वास आस को ऐसे लेकर
प्राप्त करेगी कुछ अद्भुत प्राणों को देकर

सदियां जो कर सकी नहीं ऐसा कर पायें
भले प्राण जायें तो जांये आस न जाये
निर्णय लेकर लक्ष्य साधने को उद्यत हो
जीवन का जो मूल्य चुकाने में अब रत हो

कर तलाश माध्यम का बात करेगी उनसे
जीवन जीने का गुर सीखेगी वह जिनसे
साधा जब सम्पर्क, उन्होंने उन्हें बुलाया
स्वयं मिले उनसे, आकर–के यह समझाया

उन्हें नहीं था भान, कि उसका पांव नहीं है
नहीं उन्हें यह ध्यान, अरूनिमा नाम यही है
छिपा हुआ था ज्ञान, विश्व को बतलायेगी
यही बालिका, विश्व–पटल पर छा जायेगी

चार मास उपरान्त, पाल को निमित्त बनाकर
साधी जब सम्पर्क, अरूनिमा लक्ष्य सधाकर
चार माह उपरान्त, शेष हफ्तों का वह क्षण
बच्छेन्द्री पाल, से मिलने का ले वह प्रण

निर्णय लिया, चढ़ेगी निश्चित, एवरेस्ट पर
दुराग्रही सबको, निश्चित, देगी पस्त कर
ठीक हुए जब घाव, देलही में वह पायी
कृत्रिम पांव मिल गये, उसे और सुध आयी

पहुंच गयी वह वहां, बच्छेन्द्री पाल रहीं जो
अपना निर्णय, उनसे, मिलकर वहां कहीं जो
देख हौसला पाल, वहां अब दंग हो गयीं
लगा देखकर उनको, मन से तंग हो गयीं

बिना पांव वह कैसे, कर लेगी यह सम्भव
पर अरूनिमा बताये, उससे नहीं असम्भव
दृढ़ विश्वास देख, बच्छेन्द्री हार गयीं तब
इसके निमित्त गुरू बनेगी मान गयीं तब

फिर भी और सुदृढ़, होने को रहीं चेताई
लौट जाय, ऐसा होगा, अब नहीं बताई
बहुत कठिन है, सागरमाथा उसका जाना
बिना पांव के कैसे, उसका लक्ष्य सधाना

विश्वजीत, वह हार, अरूनिमा की बातों से
आंसू टपक गिरे, अब जो, उनके गातों से
देख भरी उनकी आंखे, अदम्य साहस को
समझा नहीं सकी, वह जो स्वयं मानस को

कहा स्वयं सानिध्य, उसे पहुंचायेगी वह
जहां कहेगी, जो अवश्य, ले जायेगी वह
निगरानी में अपने, सभी ज्ञान बतलाये
लेह सहित लद्दाख, पर्वतारोहण भाये

अधिक चाव से, सीधा पर्वत पर चढ़ जाना
मन से उसको, सीखा, जाकर तब ही माना
नेहरू पर्वतारोहण, तकनीकी संस्थान था
रहा उत्तराखण्ड, सीखने का स्थान था

वही प्रशिक्षण लिया, चुनौती माना जीवन
निजी एक संस्थान, टाटा से लिया प्रशिक्षण
बच्छेन्द्री पाल का, कहा मार्ग अपनाया
दो वर्ष तक, संरक्षण में वहीं बिताया

बीते जब दो वर्ष, गयी वह सागर—माथा
रंच—मात्र भी, उसके मन में, अब डर ना था
बड़े बड़ों के, जहां हौसले, पस्त हो गये
कुछ के मन में, उगे विचार, अस्त हो गये

कुछ तो लौट गये, जब लक्ष्य दिखा अनजाना
स्वयं वहां पाया, अयोग्य, वहां तब जाना
इसके इतर, अरूनिमा का, हौसला बड़ा था
चोटी पर पहुंचे, इनका फैसला, कड़ा था

किया सिलसिला शुरू, एवरेस्ट चढ़ने का
जीवन को, जीने की ओर, सदा बढ़ने का
ऐसा साहस देख सभी हैरान हो गये
देख रहे सब ज्ञानशून्य हो ज्ञान खो गये

अद्भुत दिखा चरित्र पाल हैरान हो गयीं
ऐसे साहस को पहचाना मान खो गयीं
मान विश्व में बढ़े विश्व भर में वह छाकर
गर्व हुआ उनको ऐसी छात्रा को पाकर

साग़रमाथा को दी चुनौती

यह था इकतीस मार्च, कदम को वहां बढ़ाई
वर्ष हजार दो, तेरह की, एवरेस्ट चढ़ाई
इस अदम्य साहस से, उसने कदम बढ़ाया
धरती मां के रज को, माथे वहां चढ़ाया

कहां रहा दुर्भाग्य, भाग्य में बदल रही जो
एवरेस्ट पर चढ़ने को, वह निकल गयी जो
असामान्य अरूनिमा, दुर्गम मग अपनायी
सामान्य से लोग, नहीं कर सके चढ़ाई

बिल्कुल ठीक सामने, पर्वत दिये दिखायी
बिना डरे अरूनिमा, स्वयं से पांव बढ़ाई
देख अपार साहस, सम्भवतः स्वयं झुक गया
सारी बाधा सहित, समय अब कहीं रूक गया

चलती जाती वह, पर्वत बिना बाधा के
अपने सारी सीख, वहां अनवरत सधा के
क्षण रहस्य रोमांच, रहा दुर्गम बढ़ने का
पहली बार बिना पांव, पर्वत चढ़ने का

गयी जहां कहते हैं, मौत के स्थान को
खम्बू आइसलैण्ड, डेथ जोन स्थान जो
ठीक सामने सिर पर, सूरज चमक रहा था
वहां अरूनिमा का माथा, अब दमक रहा था

मौत जीत कर जिसने, जीवन दान लिया था
जीत लिया था जीवन, अपना नाम किया था
जब कि जगह जहां, पिघलती बर्फ वहां थी
पल दो पल पर मौत, खड़ी अरूनिमा जहां थी

सरक जाय कब कौन, बर्फ अब वहां पिघलकर
बने समाधि, प्राण, बदन से, जाय निकलकर
साक्षात मौत, कई शव, दिखे दिखाई
शाबाश! अरूनिमा, सिहरन तनिक ना आई

जो सागरमाथा, चढ़ने को कदम बढ़ाये
फिसला कदम, वहीं गिरे, नहीं चढ़ पाये
पर्वत पर, उनके शव, बिल्कुल वहीं पड़े थे
जहां अरूनिमा के पांव, बन पड़े खड़े थे

देख उठे सिहरन, साहस समाप्त हो जाये
देखे कोई प्राण, कंठ में जो आ जाये
लाशों, पर हिम गिरे, स्वयं समाधि बन जाती
चली हवा से हिम कण, सभी ओर तब छाते

शव देते थे, कभी दिखायी, ओझल होते
पर प्रयास अरूनिमा, के ना निष्फल होते
लक्ष्य नहीं भटका, न हौसला, उनका खोया
बचा हुआ जीवन, कीर्ति से उसने धोया

चढ़ती रहीं निरन्तर, यद्यपि घाव हरा था
नहीं अभी तक, अरूनिमा का, घाव भरा था
देख अदम्य साहस को, सहचर कांप से गये
सफल हुई अरूनिमा, निश्चित भांप से गये

जीवनदायी गैस, पीठ पर, वह बांधे थी
ठीक शिखर पर, वह स्वयं, लक्ष्य साधे थी

हिम्मत ना हारी अरुनिमा

जीवनदायी हवा, यहीं समाप्त हो गयी
रहा हौसला सदा, उसे पर्याप्त जो गयी
सुना हाल जब, शुभेच्छुओं ने, यह सब माना
जीवनदायी गैस, समाप्त है ऐसा जाना

वहां धरातल पर, सबने सम्पर्क सधाये
फिर भी वहां, अरुनिमा को, बहुत समझाये
लौट वहीं से आये, अविजित यही ऊँचाई
पर अरुनिमा को, वह सब, ना दिया सुनाई

मानी ना यह बात उसे था, ऊपर जाना
जहां सधा था लक्ष्य, वहीं उसको चढ़ जाना
आयें कठिन समय फिर भी अवश्य जायेगी
भले प्राण छूटे निश्चत जग पर छायेगी

प्राणों का अब मोह उसे किंचित भी ना था
जीतेगी यह निश्चित कर जीवन अपना था
वह असाध्य को साध्य बना कर चढ़ जायेगी
तब जीवन का लक्ष्य सकल वह तय पायेगी

मान लिया जीवन है उसका राष्ट्र धरोहर
जीवन को जीयेगी तत्पर पूरा प्रण कर
तिरपन दिन दुश्वार, चढ़ाई वह चढ़ती सी
लक्ष्य सधाये, सदा मार्ग, आगे बढ़ती सी

सारे प्रतिमानों को, करके बीस रही वह
मई दो हजार तेरह, तिथि इक्कीस रही वह
दिया दिखाई, शिखर वहां, प्रफुल्लित होकर
नहीं किया था सबने, वह दिखलाया जो कर

अखिल विश्व ने जाना, यह दुश्वार चढ़ाई
फिर भी बिना पांव, अरूनिमा कर दिखलाई
बैठ वहां, सागरमाथा पर, हुई मूक सी
उठी अचानक, स्वयं हृदय में हुई हूक सी

प्रसन्नता मिल गयी किया निर्णय जो उसने
सफल हो गयी स्वयं नहीं विस्मय था उसमें
मिली खुशी, उसने जो, आज कर दिखलाया
यह था अजब दृश्य, जहां अपने को पाया

रिसता रहा पांव से, उसके रक्त निरन्तर
नहीं हौसला कम, ना आया कोई अन्तर
खड़ी शिखर पर, देख रही थी, दृश्य मनोरम
रंच मात्र भी हर्ष, अरूनिमा का ना तब कम

बहुत खुशी का भाव, नृत्य कर रही वहां थी
एक पांव धर धरती पर वह खड़ी जहां थी
एक पांव से खड़ी, हाथ में मात्र दण्ड था
रही नृत्य करती, सब लक्ष्य, खण्ड—खण्ड था

स्त्री शक्ति को समर्पित कल्पना के शब्द

मानों महाकाल के, काली, हृदय चढ़ रही
कालरात्रि साक्षात्, ताण्डव नृत्य कर रही
करने को संहार पाँव अब नृत्य कर रहा
अँगों से उसके झर–झर अँगार झर रहा

कभी लगे वह शिवा कभी वह शिव हर, हर हर
लिया रूप ज्यूँ लगे सदा शिव अर्धनारीश्वर
साज अँग अभ्यँग अनँग को भस्म करे वह
शिव के अक्षु तीसरे खुल ज्यूँ वहाँ जरे वह

जैसे लगे शिवा ता–ता–थै, थै–थै नाचे
दृग–दृग से दिगन्त, धिनक–धिन धिन–धिन साँचे
बिन मृदँग, अँग–अँग, जो रहा डोल था
मानों शून्य बजाता, जैसे वहाँ ढोल था

रही वहीं कुछ देर नृत्य कर रही अरूनिमा
उसके अब इस नये हर्ष की रही न सीमा
एवरेस्ट पर हाथ तिरंगा, लिए खड़ी वह
बनी धैर्य धारण की जैसे स्वयँ कड़ी वह

लहरा रहा तिरंगा देख, फूल कर छाती
देख देख, आँखें उसकी, नहीं अघाती
कभी लगे ऐसा, भारतमाता की बेटी
नहीं रह गयी, जो पहले, जितनी थी छोटी

स्वयं मूल्यांकन

यह वह खुशी नहीं, जितनी जो, अंक समाये
ऐसी यह उपलब्धि, अरूनिमा ने अब पाये
सभी मार्ग के कष्ट, वहाँ जो वह खोयी थी
हाथ ढाँप सिर को, वह बैठ, खूब रोयी थी

यह था महा–हर्ष का, वह क्षण प्रण पूरा हो
निकला जैसे लगा वीर, अब रण पूरा हो
सहसा लगा उसे, यह कैसे काम हो गया
लगा सहज में ही, उसका अब नाम हो गया

बड़े बड़ों का साहस, जहां काम ना करता
चलें वहाँ जहाँ, जाने को मन ना करता
एक बार जब देख, चढ़ाई मौन हो गये
एवरेस्ट के आगे, वह सब, बौन हो गये

एवरेस्ट, कदमों के नीचे, आज पड़ा था
फहर रहा जो, वहां तिरंगा, बहुत बड़ा था
आठ हजार आठ सौ अड़तालिस मीटर
सहज अरूनिमा का, यह लक्ष्य, सधा पार कर

सभी जहां कहते थे, वही अपंग अरूनिमा
स्वयं उठायी कदम, हुई दिव्यांग अरूनिमा
यह थी खुशी, सभी ने, तत्पर होकर बांटा
लगा दिया अरूनिमा, ने समय को चांटा

महाशक्ति का यह, नवीन अवतार नहीं है
कहता हूं इतिहास, कोटिशः यही सही है
रंगमंच पर, विश्वपटल के, रही छा गयीं
पुरूष नहीं, नारी भी, अब सम्मान पा गयी

सदियों से भारत में, नारी—शक्ति कहायीं
सदियों से वह रहीं, विश्व पटल पर छायीं

भारतीय नारी शक्ति का परिचय

गार्गी सी विदुषी बेटी, जो यहां कहायीं
विद्योत्तमा, ज्ञान का जो, परचम लहरायीं
मैत्रेयी समान बेटी भी यहीं जनायी
याज्ञवल्क्य के साथ मिली योगी कहलायीं

माना था दुर्योग्य योग्यता वहां दिखाया
नगरबधू आम्रपाली ने नाम कमाया
वह रजिया सुल्तान प्रथम थीं ऐसी महिला
शासक बन बैठी दिल्ली की मान जो मिला

दुर्गावती गोंड रानी से लोहा माना
अकबर भारत की बेटी को तब पहचाना
रही चांदबीबी जिसने की नगर सुरक्षा
अहमदनगर सुरक्षित कर मुगलों से रक्षा

रहीं शिवाजी की मां ऐसी जीजा बाई
तत्पर होकर वीर शिवा को शिवा बनाई
मीराबाई, अक्का व वह जानाबाई
जिन्होंने संतों की बानी स्वयं निभाई

मीराबाई ने अंग्रेजों को समझाया
स्वयं युद्ध क्षेत्र में सबको धूल चटाया
मरते दम तक वह वीरांगी हाथ न आयी
भारत की बेटी है सबको यह समझायी

अर्वाचीन नारी विशेष

भारत अर्वाचीन, बात कुछ, खास बतायें
भारतीय नारी ने, जो इतिहास रचाये
अठ्ठारह सौ उन्यासी के, इसी वर्ष में
महिला महाविद्यालय, खुला सब, रहे हर्ष में

जान इलियट ड्रिंक वाटर विथयून, ने किया
भारतीय इतिहास, में मानो रंग भर दिया
चन्द्रमुखी बसु, और कादम्बिनी गांगुली
जिन्हें अठ्ठारह सौ तिरासी में ही मिली

प्रथम स्नातक उपाधि, भारत में पायीं
भारत को वह, मान सहित सम्मान दिलायीं
रहे पश्चिमी देश, दवाओं में पारंगत
सीख लिया यह ज्ञान, मान प्रथम सब सम्मत

अठ्ठारह सौ रहा छियासी, खास बनाया
आनन्दी गोपाल जोशी, को अब भाया
कादम्बिनी गांगुली, ने भी, ज्ञान जो लिया
यहां प्रथम होने का वह सम्मान जो लिया

सन उन्नीस सौ पांच, सुजान आर डी टाटा
ये रिकार्ड, अखिल भारत में, ऐसा बांटा
भारत में ही प्रथम, उन्होंने कार चलायी
महिलाओं का मान, सहित सम्मान बढ़ायी

उन्नीस सौ सोलह, महिला विश्वविद्यालय
प्रथम खुला भारत में, शिक्षा का यह आलय
घोंड़ो केशव कर्वे, रहीं समाज सुधारक
एसएनडीटी महिला, विश्वविद्यालय संचालक

रहीं पांच छात्रायें, जिनको लिया साथ में
दो जून का दिन, आया अब, उन्हें हाथ में
यह एनी बेसेन्ट, बनी महिला अध्यक्षा
मान बढ़ाई, दी सबको, ज्ञान की दीक्षा

उन्नीस सौ सत्रह, उन्हीं के नाम जो रहा
भारतीय कांग्रेस, राष्ट्रीय मान जो रहा
अध्यक्षा पहली थीं, अद्भुत नाम कमायीं
सभी स्त्रियों का, यहां सम्मान बढ़ायीं

ब्रिटिश राज में, केसर—ए—हिन्द सम्मानित
पंडित रमाबाई, उन्नीस सौ, उन्नीस मानित
उन्नीस सौ पच्चीस, सरोजिनी नायडू छायीं
अध्यक्षा भारतीय, राष्ट्रीय कांग्रेस कहायीं

आसिमा चटर्जी, ऐसी महिला, जिसने
डाक्टरेट विज्ञान, विषय में पाया उसने
उन्नीस सौ चौवालिस, का वह खास वर्ष था
जिसमें यह सम्मान मिला, अब बहुत हर्ष था

भारतीय, विश्वविद्यालय से, विज्ञान में पाया
प्रथम भारतीय महिला, का नाम कमाया
प्रथम राज्यपाल, हो गयीं, गौरव पाया
देश स्वतंत्र, सन् सैंतालिस, बहुत मन भाया

सरोजिनी नायडू रहीं भारत की नारी
उनकी भी यश कीर्ति, रही भारत में भारी
राज्यपाल संयुक्त, प्रदेशों की थीं वह जो
प्रथम महिला राज्यपाल थी वहां बनी जो

प्रथम व्यावसायिक, पायलट बन दिखलाया
प्रथम उन्होंने भारत में, विमान उड़ाया
डेक्कन एयरवेज, उन्नीस सौ इक्यावन में
प्रेम माथुर वह, थी भारतीय महिला, जिन्होने

यूनाइटेड़ नेशन्स, जनरल असेम्बली में
प्रथम भारतीय महिला, चर्चा गली—गली में
उन्नीस सौ तिरपन, को जिसने खास बनाया
असेम्बली में, प्रथम अध्यक्षा, पद पाया

भारत में, महिला प्रथम, वही बन पायीं
उन्नीस सौ, उनसठ में, वह महान कहलायीं
केरल उच्च न्यायालय में जज होकर आयीं
न्यायाधीश पद प्रथम यहां महिला ने पायीं

अन्ना चाण्डी प्रथम, महामहिम कहलायीं
न्याय–क्षेत्र में महिलायें, अब कदम बढ़ायीं
भारतीय राज्य में, प्रथम रही महिला जो
उन्नीस सौ, तिरसठ में, वह स्थान मिला जो

मुख्यमंत्री, सुचेता कृपलानी, बन आयीं
महिला प्रथम, यहां होने का, गौरव पायीं
वही रहीं महिला प्रथम, भारत देश की
मुख्यमंत्री प्रथम, रहीं उत्तर प्रदेश की

कैप्टन दुर्गा बनर्जी, वह, पहली नारी
जो भारत में प्रथम, मैदान थीं मारी
भारतीय, एयर लाइंस में, सबसे पहले
पहली नारी थी, जिन्हें देख सब दहले

जिन्होंने उन्नीस सौ, छियासठवें वर्ष में
इसी एयर लाईन्स से, वह उड़ पड़ीं हर्ष में
समुदाय नेतृत्व के लिए, पहला पाया
सन् छयासठ में, नम्बर महिलाओं का आया
सन् छयासठ, रेमन मैग्सेसे, पुरस्कार से
भारत की बेटियां, बढ़ी फिर संस्कार से

बनी प्रथम महिला प्रधानमंत्री भारत में
बढ़ी निरन्तरता समान रही जो गत में
प्रधानमंत्री इंदिरा गांधी वह पद पायीं
प्रथम प्रधानमंत्री महिला में नाम गनायीं

एशियन गेम्स में स्वर्ण जीत कर पहली महिला
कमलजीत संधू को सन् सत्तर में मिला
भारतीय पुलिस सेवा में प्रथम आ गयीं
प्रथम महिला आईपीएस का गौरव पा गयीं

सन् बहत्तर का वह दिन जो बहुत खास था
यह इतिहास भी महिलाओं के बहुत पास था
उन्नीस सौ उन्यासी में थीं नोबेल पायी
पुरस्कार मदर टेरेसा जी अब पायीं

शान्ति पुरस्कार के ही अब नाम रहा यह
उस महान नारी का ऐसा काम रहा यह
तेईस मई उन्नीस सौ चौरासी आयी
बच्छेन्द्री पाल माउन्ट एवरेस्ट चढ़ पायी
अखिल विश्व में प्रथम यहां स्थान बनाया
महिला प्रथम यहां होने का गौरव पाया

उन्नीस सौ नवासी का दिन खास कहाया
उच्चतम न्यायालय में पहला पद पाया
न्यायमूर्ति फातिमा प्रथम जज हो आयीं
भारत में महिलाओं का सम्मान बढ़ायीं

अन्तरिक्ष में भी महिला परचम लहरायीं
उन्नीस सौ सत्तानबे में वह नाम कमायीं
नाम कमा कर, अन्तरिक्ष में ही, खो गयी
कल्पना चावला, अन्तरिक्ष में, सदा सो गयी

वह प्रिया झिंगन थी, जिसने खास बनाया
उन्नीस सौ बानबे में, यह कर दिखलाया
वह कैडेट थी, प्रथम भारतीय, थल सेना में
यह गौरव भी बना, एक महिला के नामें

हरिता कौर देओल, स्वयं जहाज उडायीं
वर्ष चौरानबे, भारतीय वायु सेना में आयीं

वर्ष दो हजार, कर्ण मल्लेश्वरी पायीं
ओलम्पिक का प्रथम, पदक भारत में लायीं
यह था कांस्य पदक, जो उन्होंने पाया
भारत का जो नाम, पटल पर था फिर छाया

दो हजार दो, वर्ष भी यहाँ, विशेष था
वह महिलाओं के नाम, को ही शेष था
प्रथम राष्ट्रीय, पद के लिए, खड़ी थीं
लक्ष्मी सहगल जो, भारत में, बहुत बड़ी थी

वही रहीं आजाद हिन्द की कैप्टन पहली
देख रहीं सेनायें दुश्मन की तब दहलीं
बन आजाद हिन्द सेना की कैप्टन महिला
सकल विश्व था दंग सम्मान महिला को मिला

दो हजार चार, पुनीत अरोड़ा आयीं
भारतीय थल सेना में, सर्वोच्च पद पायीं
लेफ्टिनेंट जनरल का, यह, वह पद था

ऐसा देख भारत समाज, सदा गदगद था

महिला राष्ट्रपति का, प्रथम सम्मान जो पाया
प्रतिभा पाटिल नाम, दो हजार सात में आया
भारतीय संसद के, वह निचले सदन में
लोकसभा की पहली, अध्यक्षा खुशी थी मन में

दो हजार नौ, अध्यक्षा जो प्रथम कहायीं
मीरा कुमार, भारतीय संसद मे ंछायीं

शिखर चूमी अरूनिमा

आयें पुनः वहीं, जहां से चले हम रहे
समय प्रवंचक के हाथों, जो छले हम रहे
अरूनिमा जब एवरेस्ट, का शिखर चूम गई
लिये तिरंगा हाथ, भारत माता भी झूम गई

भारत की बेटी का, गौरव बढ़ा छा गया
विश्व भर, में भारतीय तिरंगा फहरा गया
मान गये सब, भारत ही है राबसे आगे
देख अरूनिमा को, भारत समाज अब जागे

यह बेटी थी वह, जिसने अब नाम कमाया
एवरेस्ट पर जाकर, अपना कदम जमाया
कहते हैं, चढ़ तो गयी, एवरेस्ट अरूनिमा
उसके उसी खुशी की अब, कुछ रही न सीमा

चढ़ने के उपरान्त, उतरने की कठिनाई
लिखने को अब बची नहीं, कलम में स्याही
कटे पांव से, रिसता रक्त, दर्द भी छाये
कैसे यहां अरूनिमा, स्वयं धरातल आये

साथ रहे लोगों ने, यहां प्रयास किया अब
साथी हाथ बढ़ाना, कहकर साथ दिया तब
इस प्रयास से, उतर सकीं वह कठिन चढ़ायी
कीर्ति कमाकर यही अरूनिमा, विश्व भर छायीं

दाँतों तले उंगलियां, दाबे लोग खड़े थे
वहाँ अधूरे कदम, कैसे एवरेस्ट चढ़े थे
यह प्रतिभा, जिसने भी देखी, मान गये सब
भारत की बेटी को, अब पहचान गये सब

ऐसी ही बेटी सब, अब एक बार जनायें
भारत को फिर से, मिलकर आगे पहुंचायें
धन्य–धन्य भारत की बेटी, यही अरूनिमा
उसके कठिन प्रयासों की, जो रही न सीमा

सदा असम्भव को भी, सम्भव कर दिखलाया
संधा अधूरा पांव, एवरेस्ट चढ़ बतलाया
किया अरूनिमा ने तय, सबको समझायेगी
भारत की बेटी है, सबको बतलायेगी

मापदण्ड सब छिन्न–भिन्न, वह कर जायेगी
किया किसी ने नहीं, अरूनिमा कर जायेगी
नहीं कहेगा अबला, सबला हो करके वह
दूर करेगी भ्रान्ति, सभी जो भी करके वह

सके नहीं सर्वांग, सुशोभित काम सभी जन
देख उसे दिव्यांग, स्तब्ध हुए सब जन–मन
वह प्रतिमान निरन्तर छूने को अब उद्दत
किलिमंजारों एल्ब्रुस भी हैं उससे नत

सप्त महाद्वीपों में है जो ऊँची चोटी
आंक रही अरूनिमा यहां उसे अब छोटी
भारत माता की उर्वर सी, अपनी माटी
ऐसे ही लोगों को, अपने उदर जनाती

रहे तमाम प्रमाण, जिन्होंने समय–समय पर
भारत–माँ का मान, बढ़ाया समय–समय पर
स्वयं नहीं, पूरे भारत की, अद्भुत बेटी
बहुत बड़ी हो गयी, नहीं रही अब छोटी

पद्मश्री सम्मान यहां भारत में पायीं
राष्ट्र कृतज्ञ रहा अरूनिमा मान बढ़ायीं
इस भारत की बेटी का करते अभिनन्दन
जिसने किया सभी दुर्धर्षों का अब खण्डन।

अरूनिम अरूण अरूनिमा वसुन्धरा पर छायी
एवरेस्ट पर चढ़ी तिरंगा जा फहराई
भारत की बेटी का करें यहां अभिनन्दन
खून बहा पर गनती है जिसको वह चन्दन